Dans la même collection :

1. **Un été avec les copains**
2. **Sophie au royaume des fées**
3. **Lucile et Julien font du camping**
4. **Notre petit chien Titou**
5. **Des jumeaux magiques**
6. **Tiredelle l'hirondelle**
7. **Vacances à la ferme**
8. **Myriam, Cerise et leurs amis**
9. **Filou, le petit cheval de course**
10. **L'anniversaire de Stéphanie**
11. **Le trésor de la tour du lac**
12. **Lucile et Julien en Italie**
13. **Laura et un bien curieux Père Noël**
14. **Le trésor des Pieds Palmés**
15. **Frédéric et Douki, chien loup**
16. **Céline et la poupée cassée**
17. **David et l'Amiral Afondekal**
18. **Tao, le panda de Zing Huan**
19. **Les aventures de Toto l'escargot**
20. **La Princesse des étoiles**
21. **Le petit robot venu d'ailleurs**
22. **Le petit chat sans ombre**
23. **Dino le dinosaure**
24. **Yoan et le petit tigre blanc**
25. **Florian le mousquetaire**
26. **Pataud, l'ourson des Pyrénées**
27. **Des amis pour la vie**
28. **Foxi, le chien chanteur**
29. **L'oiseau-feu**
30. **Le petit village à la rescousse**

L'oiseau-feu

Une histoire de
Christine STOESEL
Illustrée par
Christophe CARMONA

Editions S.A.E.P.

Chapitre I

LES DODO ET LES LABEUR

Il était une fois un pays très étrange divisé par de si hautes montagnes que les habitants résidant d'un côté de la contrée ne voyaient jamais ceux qui vivaient de l'autre côté de ces monts. Les cimes aiguës de ces derniers étaient d'ailleurs si élevées que le

soleil lui-même ne parvenait qu'à faire passer trois de ses rayons par-dessus les sommets. L'astre du jour ne chauffait ainsi que l'endroit où vivait "la famille Dodo", laquelle profitait à profusion de la lumière et de la température solaires !
Sur l'autre terre, derrière les montagnes, où le beau "bouclier d'or azuré" ne pointait que le bout de son nez sans pouvoir laisser s'étendre le feu de ses rayons, les habitants se nommaient "la famille Labeur" !
Chez les Dodo, dont les terres étaient exposées à l'astre diurne, on ne faisait jamais grand-chose ! Le jour durait dix-huit heures et il faisait constamment bien chaud !
La famille Dodo se composait du père : Monsieur Dodo Bébert ; de la mère : Madame Dodo Tiane et

de leurs deux enfants : Alice âgée de neuf ans et Pierre dit Pierrot, atteignant ses sept ans. Ils étaient tous des êtres fainéants, n'aimant guère le travail, évitant tous soucis quotidiens et se contentant de faire le minimum d'efforts pour remplir leurs tâches de chaque jour ! De plus, les Dodo détestaient ce soleil leur donnant pour-

tant un si bel éclat d'or dix-huit heures d'affilée et leur offrant une si agréable chaleur !
Monsieur Dodo, le papa, avait travaillé une seule fois dans sa vie ! C'était pour ensemencer son jardin où tout avait poussé à profusion grâce au... soleil ! Les légumes avaient un goût délicieux, les fleurs exhalaient leurs parfums et les fruits étaient rafraîchissants ! Depuis, le papa Dodo veillait, d'un œil paresseux, à ce que tout croisse dans le potager, donnant par-ci, par-là, un peu d'eau... tout doucement, on avait tout le temps... Sinon, Bébert bâillait et somnolait tout le reste de la journée !

- Qu'ai-je donc à faire d'autre ? Le soleil, qui nous embête assez avec sa chaleur, fait donc tout pousser ! affirmait-il.

Son épouse Tiane lui apportait alors un verre de menthe à l'eau bien glacée en maugréant contre l'astre du jour qui épuisait son mari chéri ! Son pauvre Bébert s'était tant fatigué en cultivant ce jardin voilà dix ans qu'il en était encore fourbu tant il avait dû fournir d'efforts !

Madame Dodo, la maman, écossait des petits pois, coupait des carottes pour le repas de la famille, mais surtout... tout doucement, on avait tout le temps... Au fil des heures suivantes, elle s'asseyait auprès de son mari chéri et agitait un éventail sous son visage car elle avait si chaud !

Avec un sourire tendre, elle était alors aux petits soins pour son Bébert et veillait sur lui comme une mère poule protège sa couvée ! De temps à autre, elle faisait l'effort de se lever pour observer ses deux enfants, Alice et Pierre. Sa "fifille" qu'elle surnommait sa "princesse", car celle-ci ne voulait jamais jouer dans le sable pour ne pas salir ses mains blanches, était si adorablement capricieuse ! Quant à Pierre, dit Pierrot, il était si mignon avec ses cheveux roux comme une carotte ! Il traînait toujours dans les jambes de sa sœur, mais il avait surtout hérité de la paresse exemplaire de ses parents et ne cessait de mentir pour trouver un prétexte quelconque dès que ceux-ci lui demandaient un petit service ! Mais pour Bébert et Tiane, Pierrot était si "trognon" quand il mentait !

Les enfants Dodo consacraient deux heures le matin à l'étude de l'orthographe et du calcul... tout doucement, on avait tout le temps...

Sinon, ils s'amusaient à l'ombre d'un gros chêne derrière la maison. Ils dégustaient alors une glace avant de jouer !

- Il n'y a que la glace pour nous rafraîchir avec ce sale soleil ! pleurnichait Alice.

- Oui ! Il fait vraiment trop chaud pour faire quoi que ce soit ! affirmait Pierrot.

Alors, Alice s'occupait de sa poupée pour qui elle était "la petite maman" ! Mais, elle avait trouvé un jeu cruel qui lui plaisait beaucoup. Comme sa maman la surnommait la "princesse", la fillette s'était prise pour ce qu'on l'appelait ! Aussi s'adressait-elle aux oiseaux, leur ordonnant de lui obéir en cessant de siffler ! Evidemment, les oiseaux ne comprenaient pas les paroles d'Alice, alors cette dernière, vexée d'être désobéie, demandait à Pierrot de jeter des pierres sur les petites bêtes. Celui-ci, toujours en admiration pour son aînée, s'exécutait. Le garçonnet avait ainsi tué bien des oiseaux ! Sans aucune émotion face à sa cruauté, ce garçon était, en surplus de son oisiveté, un crâneur comme on en voit peu ! Dès qu'il avait abattu un oi-

seau, on l'entendait tout au long du jour dire :

- N'est-ce pas que je suis adroit ? N'est-ce pas que je suis le meilleur tireur du monde ?

Il se comportait comme s'il avait réussi un exercice de calcul :

- N'est-ce pas que je suis doué ? Pas vrai que je suis le meilleur ?

Ainsi se déroulait la vie quotidienne chez les Dodo. Tous trouvaient que tout allait bien ! Jamais cela ne changerait, c'était sûr !

Chapitre II

LE CONTRASTE !

Par contre, chez la famille Labeur vivant de l'autre côté des immenses monts, on faisait toujours beaucoup de choses ! Le jour durait seulement quatre heures et il faisait à cet endroit bien froid puisque le soleil ne parvenait qu'à laisser passer trois de ses rayons !

La famille Labeur était constituée du père, Monsieur Labeur Alain, de la mère, Madame Labeur Bernadette et de leurs trois enfants : Gilles âgé de treize ans, Aline atteignant ses onze ans et Céline qui venait de fêter ses neuf ans. La cousine de Bernadette partageait, avec son fils, l'habitat des Labeur. Elle se nommait Annie et son garçon Yann était un jeune homme de dix-huit ans. Tous étaient des individus bons et généreux.
Chaque jour les voyait se lever avec le sourire, beaucoup d'optimisme et de gaieté, malgré les vicissitudes de la vie quotidienne !
Les Labeur appréciaient, au plus haut point, la faible chaleur prodiguée par le peu de soleil arrivant jusqu'à eux. Ce peu de lumière, chacun le recevait avec joie et le savourait durant ces quatre courtes

heures. Durant les heures nocturnes, les Labeur, Yann et Annie vaquaient à des travaux précis avec un esprit de solidarité et d'entente mutuelle !
Monsieur Labeur, le papa, avait travaillé sans arrêt et continuait vaillamment sa besogne. Chaque jour, depuis quatorze ans, il bêchait, piochait la terre et y semait des graines diverses qui ne germaient pas, étant donné le manque de chaleur.
Mais Alain gardait le sourire, et chaque matin (si court fût-il), il sifflait et s'activait sur le sol. Il bêchait, ratissait les terres prêtes à accueillir les légumes multiples au goût si varié, les fleurs aux parfums enchanteurs qu'attendait avec patience son épouse qu'il surnommait "Nadette", et pourquoi pas, les fruits dans le verger.

La famille soignait le sol d'où elle espérait voir surgir un jour, des arbres aux fruits savoureux !
Pour l'instant, le seul légume qui parvenait à pousser, par ce froid et ce manque de lumière solaire, était la pomme de terre entourée de mauvaises herbes, qui elles, par contre, croissaient très vite ! Aussi, tout en soufflant sur ses mains pour les réchauffer, Alain s'activait

pour arracher les herbes nuisibles... vite, très vite, le jour étant si court...
Dès que la nuit posait son manteau sombre sur les alentours, Alain, en sifflotant, s'occupait dans la maisonnette. Il confectionnait ainsi divers objets en bois : des étagères pour les livres des enfants, des ustensiles pour faciliter la tâche à Nadette ou à Annie, comme le sabot à sel, les boîtes à épices, le moulin à café, le rouleau à pâtisserie, etc...
Il préparait aussi des casiers prévus pour les futurs fruits que les Labeur étaient certains de récolter un jour grâce à leur persévérance !
Toute la famille l'entendait ainsi siffloter comme un pinson jusqu'à l'heure du coucher !
Madame Labeur Bernadette, alias Nadette, dès le lever des membres

de la famille, mettait du bois dans la cheminée pour chauffer la maison. Puis, durant les quatre heures d'ensoleillement, elle lavait le linge de chacun à la rivière avoisinante. Puis, après l'avoir étendu pour qu'il sèche, Nadette épluchait les pommes de terre pour préparer soit une purée, soit des frites, soit un ragoût pour le déjeuner. Enfin, avec

Annie, elle tricotait des pull-overs ou des couvertures pour la nuit... vite, très vite, le jour était si court... Bernadette avait toujours le sourire et faisait rayonner le bonheur autour d'elle !

- Le soleil ne vient pas chez nous en entier ! Avec la laine, nous aurons chaud en attendant des jours meilleurs !

Ces mots, Nadette les répétait chaque jour ! Quand la parcelle de l'astre d'or disparaissait derrière les hautes montagnes et que la nuit laissait choir ses draps bleu foncé ornés d'étoiles d'argent, Madame Labeur secondait Gilles, Aline et Céline qui faisaient leurs devoirs. Puis elle aidait Annie à nettoyer les poissons pêchés le jour même par cette dernière car la cousine de Nadette étant d'origine bretonne, la pêche n'avait pas de secrets pour

elle. Grâce à Annie, les Labeur voyaient s'agrémenter leurs repas de cette précieuse nourriture que Yann complétait à son tour en chassant du gibier dans les bois. Quand chacun était couché, c'est encore Nadette qui vérifiait si la porte était bien fermée, si le feu couvait bien dans la cheminée puis, si ses "petiots", comme elle les nommait, étaient bien couverts. Alors, elle s'octroyait la permission d'aller dans le monde des rêves !

Les enfants Labeur, quant à eux, aidaient leur papa au jardin en enlevant les herbes néfastes. Ils secondaient aussi leur maman en roulant les écheveaux de laine en pelotes prêtes à être tricotées. Les filles surveillaient également le repas tandis que Gilles participait à la chasse avec son cousin Yann. Sitôt les heures diurnes passées,

les jeunes se consacraient à leurs études et apprenaient les pièges de l'orthographe, les vices de la géométrie, les difficultés de l'arithmétique, les complications des événements historiques et les emplacements de nombreux pays au nom complexe. Puis, à tour de rôle, Céline, Aline, aussi bien que leur frère, se relayaient pour laver et essuyer la vaisselle quotidienne !
Annie, la cousine de Nadette, profitait des quatre heures ensoleillées pour pêcher. Parfois, son fils Yann partait avec elle en barque pour attraper, au milieu de la rivière, de plus gros poissons. Ils n'étaient pas bretons pour rien ! Jamais ils ne revenaient bredouilles ! Quand la clarté du jour déclinait, Annie repassait le linge lavé par sa cousine, puis assistait celle-ci dans la préparation du repas. Avant le

coucher des membres familiaux, Annie animait la soirée par une veillée de contes bretons et normands. Chacun aimait l'entendre parler car elle possédait une voix douce et agréable et son langage était riche de mots instructifs !
Yann était un solide gaillard. Quand il n'aidait pas Alain au jardin, il coupait du bois tant que la lumière du soleil lui permettait de

voir. Sinon, dès que la viande manquait, il partait dans les bois avec son fusil et chassait le lièvre, le lapin sauvage, la caille et même le sanglier ! Que c'est difficile de nourrir une famille ! De temps à autre, avec Alain, il cherchait des champignons, et rares étaient les jours où leur panier était vide ! La nuit tombée, Yann secondait ses cousins et cousines dans leurs devoirs, car pour le jeune homme, les études étaient encore bien ancrées dans son esprit !

Ainsi se passait chaque jour chez les Labeur. Tous gardaient l'espoir d'heureux changements ! Un jour, il en irait autrement !...

Chapitre III

L'OISEAU-FEU !

Un jour, chez les Dodo, Alice la fillette, eut envie de jouer à la "princesse" en faisant obéir les oiseaux ! Elle était assise sous le gros chêne derrière leur maison et observait depuis quelques minutes un couple d'oiseaux allant et venant de l'arbre à un sapin un peu plus éloigné.

Il s'agissait là d'un papa et d'une maman oiseau recherchant dans l'écorce de l'arbre des insectes, afin de nourrir leur oisillon né il y a quelques jours. Le petiot était dans le nid familial placé dans le sapin et attendait, avec un appétit d'ogre, la venue de ses parents qui plaçaient dans son petit bec grand ouvert sa pitance !

- Arrêtez votre travail ! Je suis votre princesse, vous devez m'obéir ! cria Alice.

Evidemment, les petites bêtes ne comprenaient rien au langage humain et continuaient leur besogne.

- Pierrot ! Ils m'ont désobéi ! Jette-leur des cailloux ! piailla la fillette.

Ce que fit le garçon ! Pif ! Paf ! Pierrot visa si bien qu'il abattit l'un après l'autre, le papa puis la maman de l'oisillon... Là-bas, dans le

sapin, un bébé oiseau attendait le retour de ses parents.
Le soleil qui avait tout vu, fut choqué de la cruauté des deux enfants. L'astre puissant avait souvent observé ce couple d'oiseaux depuis qu'ils avaient construit leur nid jusqu'à la naissance de l'oisillon ! Il s'était beaucoup attaché à eux ! Le petit oiseau, commençant à trouver le temps long sans

revoir son papa et sa maman, se mit à émettre des "cui cui cui" tristes. Mais personne ne revint ! Il appela encore plus fort "cui cui cui cui". Le soleil, pour l'apaiser, le chauffa de ses rayons. L'oisillon, ayant bien chaud, finit par s'endormir ! Alors, l'astre d'or, qui était le Roi du firmament, fit au bébé oiseau, un cadeau particulier... Il prononça une formule magique connue de lui seul :

- Petit oiseau ! Que tu deviennes fort et vigoureux ! Qu'une partie de ma chaleur et de ma lumière entre en toi et que tu dégages ainsi, de tout ton corps, une luminosité semblable à la mienne et une chaleur égale à celle que je donne aux hommes ! Que mes mille teintes revêtent tes plumes. Enfin, que ta voix soit pure et cristalline ! Ainsi, tu seras L'OISEAU-FEU !

Sur ces mots, le soleil disparut à l'horizon car l'astre du ciel devait continuer sa mission sur une autre partie de la terre ! Là, dans la nuit tombante, quelque part dans le sapin, un rayon lumineux se dégageait... C'était l'oisillon devenu, grâce au soleil, l'oiseau-feu et dont le corps, tout comme l'avait souhaité l'astre d'or, laissait émaner une lumière et une chaleur pareilles à celles de ses puissants rayons touchant le globe terrestre !
A l'aube, l'oiseau-feu se réveilla ! Il sentit dans tout son corps, une véritable vigueur ! Posant ses doux yeux noirs sur ses ailes, l'oisillon se vit doté de plumes multicolores ! Un vrai arc-en-ciel ! Certes, la petite bête ne pouvait pas comprendre comment cela lui était arrivé. De plus, l'animal ne se rendait pas compte qu'il dégageait

chaleur et lumière, puisque le soleil brillait dans le firmament. Il se posa alors sur le bord du nid et constatant que ses ailes étaient devenues soudain fort grandes, il essaya de voler.

- Mais j'arrive à voleter ! Et sans aucune difficulté ! Que m'est-il arrivé depuis hier ? D'abord ces teintes sur mon corps, puis je vole... Bizarre ! Allons chercher papa et maman pour qu'ils constatent à quel point leur fiston a changé ! marmonna l'oiseau-feu.

Chapitre IV

LE JARDIN DE BÉBERT !

Cependant, après quelques instants de vol, la petite bête aperçut à terre les corps inertes de ses parents oiseaux. Il s'approcha d'eux et constata qu'ils étaient morts ! On les avait tués avec des pierres ! L'oisillon versa de chaudes larmes et pleura ainsi pendant trois heures !

- Que leur est-il arrivé ? Qui m'aimera désormais ? Qui pourrai-je chérir à présent ? A qui donner maintenant un bout de mon cœur et qui mettre dans le mien ? s'interrogea l'animal, entre deux sanglots.
L'oiseau-feu tourna soudain la tête à droite, à gauche... Où était-il ? Jamais il n'avait pu le savoir puisqu'il n'avait pas encore pu voler jusqu'à ce jour ! Finalement, à l'aide de sa patte gauche, il essuya les dernières larmes perlant à ses yeux de velours, et se décida à visiter la contrée. Sans doute trouverait-il ici des êtres qui l'adopteraient, qui l'aimeraient et à qui il pourrait rendre cet amour !
Tout à coup, l'oiseau-feu vit Monsieur Dodo Bébert qui somnolait sous un pommier. L'homme, de temps à autre, soulevait une

paupière pour jeter un coup d'œil à son jardin.
- Ah ! Les tomates sont à l'ombre. Avec cette fichue chaleur, il leur faut de l'eau ! Ah ! Quelle corvée ! marmonna Bébert.
En traînant les pieds, il alla prendre l'arrosoir et le remplit d'eau... tout doucement, on avait tout le temps... La petite bête, intriguée

par les faits et gestes de ce curieux personnage, vola jusque dans le pommier, mais, elle amena avec elle, sans s'en douter, la chaleur et la lumière offertes par le soleil. Naturellement, l'oiselet l'ignorait et ce fut Monsier Dodo qui eut une drôle de surprise !

- Ah ! Quelle vie de forçat ! Donner de l'eau par cette chaleur ! rouspétait Bébert.

A cause de l'effort qu'il venait de fournir, ce dernier bâilla à s'en décrocher la mâchoire mais soudain, il resta sur place la bouche grande ouverte... Autour de lui, les légumes se desséchèrent, les fruits du verger jaunirent et les fleurs se fanèrent sur place ! Puis, en même temps qu'une lumière particulièrement lumineuse l'entourait, Monsieur Dodo sentit une chaleur caniculaire entrer par tous les pores de sa peau ! Mais il n'eut guère le loisir d'y songer plus longtemps car il réalisa ce qui venait de se produire dans tout le potager.

- Mais... mais qu'est-ce... mais qu'est-ce que cette horreur, bégaya-t-il.

A la même minute, l'oisillon qui fixait Monsieur Dodo et ignorait de quels maux il était indirectement responsable, crut que Bébert souffrait tant il criait :

- Comme ce monsieur s'agite beaucoup ! Qu'a-t-il à crier de la sorte ? Je vais le réconforter avec un chant ! décida l'oiseau-feu.

Celui ci se mit à émettre des sons purs de sa gorge. Bébert, attiré par la voix cristalline leva la tête vers le pommier.

Une forme éblouissante était posée sur une branche. Un oiseau

lumineux ! Bébert réagit avec violence :
- Ah ! C'est toi le responsable de ce carnage ! Je vais te tordre le cou ! vociféra Monsieur Dodo.
Prenant son râteau, il se précipita pour frapper la petite bête qui cessa alors de siffler en voyant les yeux cruels de l'homme. L'oiselet

prit peur. Il s'envola et se cacha derrière la cheminée de la maison.
- Pourquoi cet homme a-t-il agi ainsi ? Pourquoi tant de méchanceté, alors que je lui offrais ce chant d'amitié ? Comment se fait-il qu'il se soit rué sur moi avec ce curieux bâton terminé par des dents pointues ? Je ne lui ai pourtant rien fait ! s'interrogea l'oiseau-feu en essayant de calmer les battements accélérés de son cœur.
Madame Dodo accourut au bruit causé par son époux. Son mari lui expliqua qu'un oiseau étrange était venu. Il dégageait une si forte chaleur de son corps que tout le jardin avait brûlé.
- C'est un animal maudit ! A cause de lui, Tiane chérie, je dois retourner tout le potager ! Tu te rends compte ? Tout le potager est à réensemencer ! Quelle misère de

me faire travailler de la sorte ! gémit Bébert.

- Mon pauvre amour ! Je vais te préparer un gâteau au chocolat que tu aimes tant ! Je te le servirai moi-même avec un bon verre de menthe glacée pour te soutenir ! rétorqua Tiane.

Là-haut, sur le toit, l'oiselet risqua un œil vers le jardin. Il venait d'ouïr une voix nouvelle... celle de Madame Dodo et observa celle-ci qui rentrait dans la maison.

Chapitre V

C'EST PAS DU GÂTEAU !

Tiane, tout en maugréant contre ce sale oiseau qui venait de donner tant de travail à son Bébert chéri, sortit du réfrigérateur deux œufs, le beurre et le chocolat nécessaires pour le gâteau. Elle déposa ceux-ci sur la table de la cuisine. Puis, elle se tourna pour prendre dans

l'armoire la levure, la farine, le sucre et le rouleau à pâtisserie. Au même instant, une petite silhouette multicolore vint sur le rebord de la fenêtre ouverte. Madame Dodo sentit alors une forte chaleur envahir la pièce, en même temps qu'une luminosité particulièrement vive.
Se retournant pour placer les produits alimentaires et le rouleau à pâtisserie sur la table, elle ouvrit de grands yeux...
Le beurre et le chocolat fondaient à vue d'œil et dégoulinaient sur le carrelage en une masse gluante et épaisse, tandis que les œufs se mettaient à bouillir. Soudain, leurs coquilles éclatèrent, montrant deux beaux œufs durs cuits à point !
C'est alors que Tiane constata que la lumière provenait de la fenêtre.

Posant son regard dans cette direction, elle vit un oiselet multicolore qui la fixait en ouvrant une de ses ailes comme pour la saluer et en émettant un "cui cui" en guise de bonjour !

- Mais c'est toi le maudit oiseau ! Je vais te plumer et te faire rôtir pour Bébert ! hurla Tiane en pre-

nant en main le rouleau à pâtisserie et en fonçant si vite sur l'oiseau-feu que celui-ci n'eut pas le temps de réagir...

Heureusement, Madame Dodo glissa sur le beurre et le chocolat qui recouvraient le carrelage.

Elle s'étala de tout son long, dans la masse gluante qui la couvrit des cheveux aux pieds.

Tiane poussa un cri si aigu que l'oiseau-feu, surpris par tout ce manège, prit peur, déploya ses ailes et d'une seule volée, trouva refuge dans le gros chêne derrière la maison.

L'arbre était si épais qu'il dissimula la lumière émanant des plumes du petit animal. Celui-ci s'interrogea. Son cœur faisait des "toc toc toc" saccadés.

- Qu'ai-je donc encore fait ? Je voulais juste être l'ami de cette

dame... Je n'y comprends plus rien ! Papa... Maman... Comme j'aimerais être mort pour être avec vous au paradis des oiseaux !

Sur ce, l'oiseau-feu, se sentant si désemparé et si abandonné, versa de chaudes larmes... Qui voudrait être son ami ?

A qui pourrait-il donner son amour ?

Pendant ce temps, Monsieur Dodo venait de rejoindre Tiane avec Alice et Pierrot.

Ces deux derniers s'éclipsèrent sur la pointe des pieds pour ne pas aider à nettoyer la cuisine... Alice ne voulait pas que ses belles mains blanches touchent la saleté et Pierrot, comme d'habitude, n'avait pas envie de travailler.

Monsieur Dodo, armé de son fusil, sortit de la maisonnette et fit le tour du jardin.

Grâce au feuillage très fourni du chêne, Bébert passa trois fois sous l'arbre sans remarquer, ni la chaleur, ni la luminosité sortant du corps menu de l'oisillon qui pleurait, ses petites pattes posées bien serrées sur une branche de l'arbre protecteur !

Chapitre VI

LA GLACE FONDUE !

L'après-midi s'avançait. Madame Dodo avait fini de nettoyer sa cuisine. Dans le jardin, Monsieur Dodo, l'œil noir et mauvais, bêchait en suant à grosses gouttes. L'oiseau-feu, trop effrayé par ces événements, était toujours au cœur du chêne.

CH

Alice Dodo, la fillette, vint s'asseoir dans l'herbe, au pied de l'arbre.
Elle tenait en main une glace au chocolat qu'elle léchait avec délicatesse pour ne pas se salir.
Pierrot la suivait en dégustant avec gourmandise une glace à la fraise.
- C'est drôle tout de même, cette histoire d'oiseau qui brille comme un feu. J'espère pouvoir l'attraper pour en faire un sujet obéissant à la "princesse" que je suis ! minauda Alice.
- Moi, j'aimerais le plumer pour confectionner une toque d'indien avec les couleurs de ses plumes ! riposta Pierrot.
- Peuh ! Tu devras d'abord le piéger pour cela ! Papa et maman n'y sont pas parvenus, alors toi, peuh ! Tu n'y arriveras pas lalalère ! persifla Alice.

- N'oublie pas que je suis le meilleur ! N'est-ce pas que je suis le plus doué ? piailla le garçon.

Durant leur discussion, l'oisillon, qui hoquetait encore tant son chagrin était lourd pour son petit cœur meurtri, entendit les deux voix des enfants.
- Tiens ! Qui parle donc là ? s'interrogea-t-il.
L'oisillon sauta alors sur la plus basse branche du chêne pour s'approcher des petits Dodo... A la seconde même, l'ombre du chêne disparut puisque l'oiseau-feu, pointant sa tête hors du feuillage protecteur, laissait à nouveau transparaître et sa lumière... et sa chaleur ! Ce qui eut le résultat suivant : la fillette vit sa glace fondre sur ses mains blanches qui devinrent poisseuses.

- Au secours ! Mes mains ! Mes jolies mains blanches de "princesse" ! gémit-elle.
Pierrot, à qui le même phénomène arrivait, constata soudainement la forte chaleur, et remarqua que l'ombre du chêne avait disparu ! C'était comme si une lumière était placée dans le feuillage de l'arbre !
Alors, le garçonnet comprit :
- Cette lumière... cette chaleur... La bête est là !

Un "cui cui" confirma ses dires. Pierrot levant la tête perçut l'oisillon qui les fixait de ses yeux de velours noirs.

- Là... Sur la branche ! Le voilà ! Je vais le plumer ! vociféra le garçon Dodo.

- Sale bête... Tu as saccagé le jardin de papa, sali la cuisine de maman mais surtout tu as poissé mes belles mains toutes blanches ! Nous allons nous venger ! pleurnicha la fillette Dodo.

Pierrot et Alice crièrent si fort que leurs parents arrivèrent en toute hâte.

- Oh ! Mais voilà les deux méchants ! prononça l'oiseau-feu en les voyant.

Réalisant alors que l'homme et la femme rejoignaient les enfants et que chacun jetait sur lui un regard plein de méchanceté, l'oisillon prit

peur. Il vit soudain les Dodo ramasser des cailloux ! Vite, il était temps de quitter ces lieux inhospitaliers et ces gens, tous aussi cruels l'un que l'autre. L'oisillon étira alors ses ailes multicolores, et telle une flèche enflammée, s'élança vers le firmament...
Les Dodo le bombardèrent et beaucoup de cailloux frôlèrent de près l'oiselet. Le soleil, assistant à toute l'histoire, se fâcha ! Il envoya une si forte lumière avec ses rayons, dans les yeux des Dodo, que ceux-ci furent éblouis !

Quant à l'oiseau-feu, il disparut dans la voûte céleste.

Chapitre VII

LE PAYS DE LA NUIT !

L'oiseau-feu vola haut, de plus en plus haut, si haut qu'il passa par-dessus les immenses montagnes séparant la contrée des Dodo du pays des Labeur ! L'oiselet redescendit à terre pour reprendre son souffle... Ouf ! A présent, il était bien loin de ces êtres méchants qui lui voulaient tant de mal ! Que leur avait-il donc fait pour qu'ils soient ainsi avec lui ? L'oiselet, ayant trop vécu d'événements douloureux, enfouit sa tête sous ses ailes et se mit à sangloter pour décharger son petit cœur de toute la tristesse qu'il contenait ! Quand donc trouverait-il quelqu'un qui l'accueillerait avec bonté et l'aimerait d'un tendre amour ? Et quand pourrait-il lui-même faire don d'un morceau de son cœur à cette même personne ?

L'oisillon ayant enfin vidé le trop-plein de son amertume, tourna la tête à droite, à gauche, pour déceler où il venait d'arriver !

Soudain, il découvrit avec stupeur, qu'ici, il faisait nuit et froid. (Eh oui ! C'étaient les heures nocturnes chez les Labeur !). Pourtant, l'oiseau-feu constata qu'une lumière

vive l'entourait et qu'une chaleur l'encerclait ! Mais ces dernières semblaient provenir de son propre corps ! Alors, posant ses yeux de velours sur ses ailes multicolores puis sur son ventre et son dos, le petit animal réalisa qu'il ne se trompait pas. C'était bien de lui-même qu'émanaient cette luminosité transperçant l'obscurité, et cette chaleur se répandant dans

l'air frais ! L'oisillon comprit alors qu'il détenait un pouvoir particulier depuis que la veille, il s'était vu doté de ses plumes multicolores et qu'il avait forci au point de pouvoir voler !

- Qui a bien pu me faire ce don ? Papa et maman depuis le paradis des oiseaux ? On dirait que je suis un soleil... Mais oui ! C'est cela ! C'est peut-être bien le beau bouclier d'or céleste qui m'a attribué des dons uniques ! pensa la petite bête.

Il est vrai que les heures précédentes, l'oiseau-feu n'avait pas pu se rendre compte de ce secret puisqu'il se trouvait sur des terres où l'astre diurne brillait avec éclat et prodiguait lui-même sa chaleur ! A présent, c'était différent !

Voletant alors pour connaître la région, la jolie bête constata qu'ici,

aucune fleur ne poussait, aucun brin d'herbe ne possédait le joli vert dont il se parait d'habitude. L'oisillon aperçut un bois, mais les arbres semblaient décharnés avec leur feuillage brun-kaki et non coloré de verts tendres comme ailleurs ! Les buissons qui croissaient entrelacés étaient bien maigres. L'oiseau-feu en conclut alors que le soleil ne pouvait pas laisser passer sa puissance de Roi céleste par-dessus les hautes montagnes pour parvenir jusqu'ici. Ces monts, tels des soldats montant la garde, dressaient un véritable rempart de leurs corps de pierres et de roches !
Tout à coup, l'oiselet vit la maison des Labeur ! Il s'arrêta à proximité d'elle pour observer qui pouvait bien y loger ! Il avait trop peur d'être à nouveau réprimandé !

C'est alors que ses yeux de velours noirs se posèrent sur le jardin. Certes, celui-ci était bien grand, mais l'oisillon n'y vit aucun arbre comme dans l'autre pays !
- Tiens ! Il n'y a aucun arbre à cet endroit ! Comment cela se fait-il ? se demanda l'oiseau-feu.
Comprenant que l'explication ne pouvait venir que de l'absence de soleil, la petite bête songea qu'elle pourrait peut-être jouer un rôle d'astre dans ce pays !
- Peut-être pourrais-je être utile à ces habitants ? Eventuellement deviendront-ils des amis pour moi ?

Chapitre VIII

LE SOLEIL MYSTÉRIEUX !

- Cependant, dans la maison des Labeur, chaque être dormait encore. Ils avaient bien rempli leur journée de travail. A présent, ils reprenaient des forces en attendant l'arrivée de la courte journée de quatre heures durant laquelle ils avaient chacun tant à faire !

Alain tenterait cette fois de semer des graines de melons... Il n'avait pas encore ensemencé le sol avec ces grains. Qui sait ? Cela pousserait peut-être !
Nadette laverait le linge à la rivière et pendant qu'il sécherait, elle préparerait de bonnes frites croustillantes puisque tout le monde en raffolait !
Annie tenterait de dénicher des mulettes ou moules de rivière. Elles s'accommodaient bien avec les frites que comptait préparer Bernadette, sa cousine. Evidemment, il était très difficile de les apercevoir dans le ruisseau, mais si elle amenait une grosse lanterne, sans doute en trouverait-elle !
Yann, lui, irait chasser le sanglier. Depuis quelques jours, un vieux sanglier solitaire rôdait la nuit, autour de l'habitat, saccageant

même le jardin d'Alain. Une telle bête était fort dangereuse, que ce soit pour les adultes comme pour les petits ; mais surtout pour les enfants qui, moins forts, pouvaient difficilement se défendre ! Enfin, pourvu que le chasseur puisse, dans le sombre de ce bois, trouver le lieu de la bauge du sanglier : l'endroit où celui-ci vivait.

Quant à Gilles, Céline et Aline, ils avaient décidé de peindre en cachette un tableau plein de fleurs comme celles de leur livre de botanique !

Demain soir c'était l'anniversaire de leur maman Nadette, et celle-ci aimait tellement les fleurs. Elle en aurait ainsi tout de même puisque dans le jardin, malgré les soins apportés par leur papa, les coquettes fleurs ne montraient pas le bout de leur nez !

L'oiseau-feu s'était caché derrière un gros rocher bordant la rivière. Toutefois, la luminosité émanant de lui étant trop puissante, celle-ci parvint jusqu'à la maison des Labeur et filtra au travers des volets, tirant ainsi toute la famille de son profond sommeil. Chacun se précipita dehors... Madame Labeur s'écria :

- Regardez comme il fait clair !

- Et on sent une chaleur pareille à celle du feu de cheminée ! ponctua Annie.
- On dirait que ce "soleil" vient du sol ! précisa Yann.
- C'est un mystère incroyable mais c'est un vrai bonheur ! murmura Alain.
- Un "soleil" est venu jusqu'à nous ! Laïtou lalère ! chantonnèrent les enfants.
L'oiseau-feu, qui les épiait, remarqua leurs visages aimables.
- Il y a là aussi des parents et des enfants ! Mais eux ont l'air différents des autres personnes ! se dit l'oisillon.
Malgré tout, la petite bête jugea prudent de rester dissimulée encore un peu.

Les Labeur déjeunèrent bien vite pour profiter de cette journée

exceptionnelle qui s'offrait à eux ! Et qui savait, peut-être que ce phénomène ne durerait pas, alors il fallait en jouir au maximum !

Chapitre IX

DE SURPRISES EN SURPRISES !

Sitôt le déjeuner pris, chacun partit remplir sa tâche. Annie, pull marin et bottes de pêcheur aux pieds, se rendit à la rivière. Yann, le fusil sur l'épaule, s'avança vers la forêt. Nadette, le baquet de linge sale sous le bras gauche, le savon et la brosse dans la main droite, alla vers un autre coin du ruisseau pour ne pas gêner le travail de sa cousine Annie.

Les enfants s'éclipsèrent derrière la maison. Gilles tenait en main une palette et des pinceaux, Aline portait une toile blanche et Céline avait les tubes de peinture à l'huile. Quant à Alain, une bêche et un râteau sur l'épaule, il se dirigea vers le jardin. Dans sa poche, il avait placé le paquet de semence de melon !

L'oiseau-feu qui guettait chaque habitant de la maisonnette voulut voir de plus près chacun d'eux. Observant Alain qui, en sifflotant, se mit aussitôt à bêcher, il décida d'aller auprès de celui-ci en premier.

- Tiens, cet homme siffle comme un pinson ! songea l'oisillon.

Alain travaillait vite comme d'habitude. Au bout d'un moment, il trouva soudain qu'il faisait plus chaud ! C'est que l'oiseau-feu était tout près de lui, caché derrière un gros buisson.

- Mais comme il fait chaud tout d'un coup ! Enlevons ce pull ! murmura le papa Labeur.

Puis continuant à bêcher tout en sifflant, Alain se retourna pour juger de l'espace de terre retournée.

- Allons ! Cela suffit ! Semons les graines et ratissons ! soliloqua-t-il.

L'oiselet, qui ne le quittait pas des yeux, se dit que ce pauvre homme avait bien de la besogne, surtout avec ce sol où ne poussaient que des mauvaises herbes. Alain se mit à éparpiller les graines.

- Oh ! Mais j'ai compris, fit l'oiseau-feu. Cet homme essaye de faire pousser quelque chose. Mais le soleil n'a pas assez de puissance ici, pour l'aider. Alors, jouons à être un oiseau soleil !

Le petit animal se mit alors à battre des ailes ; ce qui eut pour effet de répandre une chaleur ambiante autour de Monsieur Labeur. Ce dernier ouvrit de grands yeux... car, partout sur le sol,

commençaient à poindre des touffes vertes... Et ce n'étaient pas des mauvaises herbes ! Celles-ci, Alain ne les connaissait que trop ! Mais non, c'était bel et bien les plants de tout ce que le père de famille avait semé et soigné depuis ces quatorze dernières années.

- Quel est ce prodige ? Vite, donnons de l'eau partout. Nadette, les enfants, Annie et Yann auront une sacrée surprise à leur retour ! Merci soleil magique, car cela ne peut venir que de toi ! Merci mon merveilleux soleil ! répéta Alain en dansant d'allégresse !

L'oisillon, content de la joie de cet homme, décréta de se rendre à la rivière où il savait que se trouvaient les deux dames. Bientôt, il aperçut Annie, qui malgré la lumière provenant de l'oiseau-feu, encore éloigné d'elle pour l'instant, se penchait au bord de la rive pour tenter de trouver des bancs de mulettes toujours cachées au fond de l'eau. Tout à coup, il fit très clair au-dessus de la gentille bretonne. L'oiseau-feu venait de se poser sur la branche d'un saule bordant la rivière, tout près d'Annie.

- Mais comme la lumière est puissante soudain ! Et quelle chaleur... Enlevons ce pull et ces bottes ! claironna la cousine de Nadette.

Subitement, Annie entrevit au fond de l'eau un immense banc de moules de rivière. Jusqu'à présent, avec cette demi-obscurité, elle n'avait jamais pu déceler leur endroit secret !

- Youpi ! En voilà ! Je savais bien qu'il y en avait par là ! Mais aujourd'hui, c'est grâce à ce soleil magnifique que j'ai pu les découvrir.

Merci à toi bon soleil, qui que tu sois, merci à toi ! jubila la maman de Yann.
L'oiselet, heureux du bonheur d'Annie, voleta dans le ciel et alors perçut Bernadette, qui, ayant fini de frotter, rincer et secouer le linge, le suspendait aux fils pour qu'il sèche.
- Mais son linge est tout mouillé ! Allons l'aider, décida l'oiseau-feu.

L'animal multicolore voleta jusqu'aux fils à linge... Nadette, occupée à rincer le baquet à linge et la brosse, ne le vit pas venir. La petite bête fit trois fois le tour des poteaux entre lesquels étaient pendus les chemises, les chaussettes, les sous-vêtements, les pulls et les draps de toute la famille... En deux temps, trois mouvements, tout le linge fut sec grâce à la chaleur solaire de l'oisillon.

Nadette tournait le dos à la scène. Elle entrevit cependant des traits lumineux.

- Tiens ! C'est bizarre ! J'ai cru voir des sortes d'éclairs... Mais comme il fait chaud subitement... Enlevons ce pull-over ! articula la maman Labeur.

Se tournant pour poser son pull dans l'herbe, elle poussa un "Oh !" de surprise.

- Mon linge... Il est tout sec... et je ne l'ai suspendu que depuis trois minutes... C'est de la magie ! Non, j'ai compris... Cela provient de ce soleil mystérieux qui luit depuis ce matin sur nos terres ! Merci à toi soleil précieux, merci ! prononça Nadette en battant des mains tant sa satisfaction était grande.

Chapitre X

ENCORE DES HEUREUX !

Pendant ce temps, la petite bête soleil chercha à rejoindre Alain pour voir où en était son jardin... Cependant, l'animal fut attiré par les voix des enfants Labeur.

- A moi de faire le coquelicot ! disait Aline.
- Bien sûr sœurette !

- Gilles, tes bleuets sont vraiment magnifiques ! ponctuait Céline avec sincérité.
- Merci Céline ! Mais tes pâquerettes semblent aussi vraies que nature ! rétorqua son frère.
- Mais où allons-nous cacher le tableau pour qu'il sèche jusqu'à ce soir et sans que maman le voie ? questionna Aline qui venait d'achever son coquelicot.
- Bravo Aline ! Il est très réussi ton coquelicot ! Quant à cacher le tableau, nous demanderons à Yann de nous aider ! proposa Céline.
- Misère... Voilà Maman, hurla Gilles en montrant Nadette qui venait à leur rencontre.
- Que faire... ? demanda Aline. Le tableau est intransportable avec cette peinture fraîche !
Ils en étaient à cet état de réflexion quand, tout d'un coup, le tableau

sécha sous leurs yeux ronds comme des soucoupes. C'est que l'oiseau-feu, qui venait de se cacher derrière la brouette d'Alain, avait battu des ailes dans la direction des enfants, sentant que ceux-ci avaient besoin d'aide. Aussi avait-il cru bien faire en agissant de la sorte.

- Mais... mais... le tableau est tout sec ! bégaya Gilles.

- C'est sûrement ce soleil magique qui nous a aidés ! précisa Aline.
- Tu as raison... Merci beau et gentil soleil ! hurla Céline.
- Merci de tout cœur ! lancèrent, à leur tour, Gilles et Aline.

Mais voyant Nadette toute proche de la maison, les enfants s'enfuirent avec leur précieux cadeau, la palette et les pinceaux ainsi que la peinture. L'animal soleil fut inondé de joie en voyant qu'il avait encore rendu des gens heureux !

Passant au-dessus d'Alain, affairé dans son jardin, l'oisillon eut le bonheur de constater que tout sortait du sol et que même dans le verger, pointaient des arbres aux feuilles multiples... et surcroît de chance, un tapis immense de fleurs de toutes sortes s'étalait là, répandant de subtils parfums ! Quant à Monsieur Labeur, il courait dans

son jardin, de carré en carré, pour apaiser la soif de la terre avec deux arrosoirs d'eau.
L'oiseau-feu alla jusqu'à la forêt où il savait trouver le dernier de ces habitants. Au même instant, Yann avançait à pas prudents dans la demi-obscurité des sous-bois !
- Soyons prudent ! Le sanglier peut bien se cacher par là et me foncer dessus pour me tuer !
Effectivement, le gros porc sauvage s'était dissimulé derrière des ronces et était prêt à se précipiter sur Yann qui lui tournait le dos.
Sur ces entrefaites arriva l'oiseau-feu avec sa lumière et sa chaleur.
Le chasseur, surpris, tourna la tête dans tous les sens pour trouver la source de cet éclat et de cette canicule. C'est alors qu'il aperçut le sanglier qui le chargeait à toute vitesse. Pan ! Pan ! Pan ! Yann eut le

temps de tirer trois balles qui firent tomber le sanglier raide mort.

- Oh ! Mais je comprends ! Ce jeune homme allait être tué par cet ennemi puissant ! murmura l'oisillon.

Yann poussa un gros soupir ! Il était à deux doigts de la mort quand cette lumière providentielle s'était mise à briller.

- Merci soleil magnifique et protecteur ! Tu es mon sauveur ! Merci bon soleil ! hurla Yann de toute la force de ses poumons.

Et, à grands pas, il se dirigea vers la maison pour raconter ce prodige. Il fut stupéfait d'y trouver Alain, Gilles, Céline, Aline, Nadette et sa maman Annie, tous occupés... à donner de l'eau à un immense jardin doté de tous les légumes, les fleurs et les arbres fruitiers tant espérés depuis des années.

Chapitre XI

VEUX-TU ÊTRE NOTRE AMI !

Chacun accourut à ses côtés et expliqua ce qui lui était personnellement arrivé. Les enfants le lui murmurèrent à l'oreille pour que le tableau reste quand même un cadeau d'anniversaire pour leur maman.

- Mais il faut trouver ce soleil qui se déplace de l'un à l'autre ! trancha Yann.
- Tu as raison fiston ! A mon avis, c'est un soleil volant ! affirma Annie.
- Une sorte de feu-lumière volant alors ! ponctua Nadette.
- Cherchons-le ! Trouvons-le ! Accueillons-le ! appuya Alain.
- Nous en ferons notre ami ! prononcèrent les enfants.
L'oiseau-feu était cependant tout près d'eux. Il s'était dissimulé derrière le même gros rocher que le matin. Comprenant que ces gens parlaient de lui gentiment, l'oisillon sauta sur le rocher en poussant des "cui cui cui" amicaux ! Toutes les têtes se tournèrent vers lui.
- Oooh ! sortit de toutes les poitrines tant les yeux des grands et des petits furent fascinés par la

beauté et la luminosité caniculaire de la bête.
- C'est un oiseau ! Un oiseau-feu ! hurlèrent Gilles, Céline et Aline en courant près du joli animal.
Chacun le remercia avec un bisou et un câlin pour tout le bienfait qu'il avait prodigué à la famille.
- Joli oiseau-feu, reste avec nous ! supplia Céline.
- Tu seras notre ami ! insista Gilles.
- Et nous les tiens ! précisa Aline.
L'oisillon multicolore, saisissant le sens de ces paroles, fit "oui" avec la tête.
Tous bondirent de joie et firent une ronde autour de l'animal superbe, lequel chanta de sa voix pure et cristalline.
Enfin, les Labeur avaient un soleil dans leur pays, ils avaient toujours su que cela changerait un jour !

CHcarmona

Mais de plus ce soleil était un magnifique oiseau qui serait désormais leur ami pour toujours !

Chapitre XII

LE REGRET DES DODO !

Et les Dodo me direz-vous ? Le soleil, fâché de voir leurs agissements, les avait si fortement éblouis, alors qu'ils bombardaient l'oiseau-feu, qu'ils avaient été tous les quatre aveugles pendant quelques minutes. Alors des larmes avaient pointé à leurs yeux et coulé sur leurs visages. Ces larmes, venues du fond de leur être, avaient entraîné avec elles la méchanceté, l'hypocrisie, la vanité et le mensonge enracinés dans les fibres de chaque cœur des Dodo. C'est à ce moment qu'ils comprirent le mal qu'ils avaient fait et quel être merveilleux ils venaient de chasser si cruellement.

Depuis, les Dodo ont entièrement changé ! Dans le jardin, chaque matin se retrouvent le garçon et la fillette aidant leur papa à cultiver le potager, le jardin de fleurs et le verger. Monsieur Dodo, tout en s'activant avec énergie, siffle en imitant tous les oiseaux voletant de-ci, delà. Madame Dodo amène à boire à ses "trois chérubins" en sifflotant "Hello, le soleil brille !". Elle passe son temps à faire des gâteaux au

chocolat et divers biscuits pour son Bébert chéri et ses deux enfants. Elle n'oublie jamais d'émietter quelques morceaux sur le perron de la maison afin que les oiseaux trouvent là un dessert délicieux.
Le papa Dodo a même construit une maisonnette pour oiseaux qu'ils ont tous, d'un commun accord, placée au centre du verger.

Les enfants l'ont peinte. Pourtant la peinture avait coulé sur les belles mains blanches de la fillette. Mais, bravement, elle avait continué la besogne en songeant au joli oiseau de toutes les couleurs. N'était-elle pas responsable de la mort de ses parents ? Oui, Alice en était convaincue. L'oiseau-feu était apparu après qu'elle eut ordonné à Pierrot de tuer ce couple d'oiseaux qui volaient pour nourrir leur petiot... Et ce bébé oiseau était, à n'en pas douter, l'oiseau-feu ! Désormais, la petite fille avait fait le serment de devenir gentille, d'être serviable, de travailler de ses belles mains blanches, comme tout le monde... Ainsi, peut-être qu'un jour, elle reverrait le merveilleux animal ?
Quant à Pierrot, se repentant de son geste criminel, il va tous les jours vérifier si la maisonnette-

mangeoire des bêtes célestes est pourvue d'eau et de bonnes graines. Dès que la pitance manque, le garçonnet se hâte d'en rajouter en débitant :

- Venez jolies bêtes ! Venez les oiseaux ! Voilà de bonnes choses pour vous ! Venez, nous ne vous ferons plus de mal !

Chaque jour, au lever du soleil, Monsieur et Madame Dodo ouvrent les volets, espérant voir revenir la jolie petite bête. Le soir, ils ferment les volets en disant, dans le noir de la nuit :

- Où que tu sois, Bonne Nuit Oiseau-Feu ! Pardonne-nous, et si tu le veux, reviens nous visiter !

Mais ce qu'ils savent tous, c'est que dans leur cœur, l'oiseau-feu est présent. Sa bonté, sa douceur et sa chaleur d'amour ont laissé leurs traces.

Oui, désormais, les Dodo ont un "soleil dans leur cœur" ! Et, il en sera toujours ainsi, grâce à un petit oiseau de toutes les couleurs.

Chapitre XIII

LE BONHEUR CHEZ LES LABEUR

Alain, se tournant vers les siens, proposa :
- Nous n'aurons plus besoin de feu désormais ! Et si nous installions notre nouvel ami dans la cheminée ? Il aurait ainsi un petit "chez lui" tout en ne nous quittant pas !

Tous applaudirent à cette idée.
Gilles, Céline et Aline se précipitèrent dans la maison et avec l'aide de Yann, ils vidèrent la cheminée des braises chaudes qu'elle contenait et nettoyèrent l'âtre bien proprement.
Tandis qu'Annie installait de doux tissus sur la pierre du foyer, Bernadette cousait deux beaux morceaux de satin afin de faire des rideaux.
Alain plaça une barre en bois devant l'âtre. Ainsi, l'oiseau-feu aurait une maisonnette à lui pour dormir et ne dérangerait pas les Labeur dans leur sommeil avec la lumière émanant de son corps.
- Comme c'est un oiseau-feu, nous n'aurons jamais froid ! remarqua Annie.
- Et le linge sèchera toujours vite ! ajouta Bernadette.

CH

- Dans le jardin, tout poussera à merveille chaque jour ! précisa Alain.
- Nous verrons enfin clair dans les bois pour chasser et à la rivière pour pêcher ! dit Yann à son tour.
- Mais nous avons surtout découvert un merveilleux ami ! fit entendre Gilles.
- Un ami unique au monde, qui nous aime et dont nous adorons tous ! émit Céline.

- Un ami soleil pour toute l'année et toute la vie ! prononça Aline.

L'oiseau-feu, qui n'avait pas quitté les Labeur et qui avait suivi des yeux tous leurs faits et gestes, comprit qu'on lui offrait non seulement une amitié, mais aussi un vrai foyer ! Il déploya ses ailes, et se posa successivement sur chaque épaule des membres de la petite famille. Il émit des "cui cui" de reconnaissance et eut droit ainsi à de nouveaux câlins.

Depuis, chez les Labeur, on connaît sans interruption des jours ensoleillés. Lorsque la fatigue gagne les parents et les enfants, chacun va se coucher et l'oiseau-feu se calfeutre dans l'âtre de la cheminée. Chacun à son tour l'embrasse le soir, et Alain, en tant que chef de famille, ferme le rideau après un "bonne nuit" tendre à l'adresse du joli animal coloré. Le jour venu, chacun s'applique à ses besognes. Les enfants étudient plusieurs heures d'affilée les matières scolaires. Annie part à la pêche tandis que Yann chasse. Alain, en sifflotant, recueille dans le jardin les légumes choisis pour le menu du jour par toute la maisonnée. Dès que Bernadette a lavé le linge, bien vite séché par l'oiselet, elle va aider l'un ou l'autre à sa besogne.

Désormais, tout est enfin joie de vivre pour les Labeur ! Ils y avaient toujours cru et à présent sont récompensés de tous leurs efforts.

L'oiseau-feu a enfin trouvé des gens qui l'aiment et à qui il peut rendre cet amour !

Quant aux Labeur, non seulement un soleil est enfin venu chez eux, mais ils ont surtout découvert un ami précieux et merveilleux !

Table des matières

Loi 49-956 du 16 juillet 1949 sur les Publications
destinées à la Jeunesse
Dépôt légal 3e trimestre 1994 - Imp. n° 2 159
ISBN 2-7372-7192-4 Imprimé en C.E.E.

Diffusion exclusive en Belgique et
au Luxembourg pour la langue française :
Daphné Diffusion à Gent.

Diffusion exclusive pour le Canada :
Edipresse Montréal.